Friedchen Göttle · Meine kleine Welt

Friedchen Göttle

Meine kleine Welt

Zum Denken und Verschenken

© 2004 Friedchen Göttle
Satz und Layout: Buch&media GmbH, München
Umschlaggestaltung: Kay Fretwurst, Spreeau unter Verwendung
einer Abbildung von Jacob Henricus Maris: »Blumen pflücken«
Herstellung und Verlag: Books on Demand GmbH, Norderstedt
Printed in Germany
ISBN 3-8334-0569-4

Einleitung

In unserer Welt ist für Romantik kein Platz mehr. Deshalb versuche ich, meine Liebe zur Natur in meinen Gedichten zu beschreiben. Es geht um Gefühle, Romantik und Idylle. Für mich ist ein Baum kein »totes Stück Holz«, sondern etwas Lebendiges. Auch in den Erinnerungen an frühere Zeiten, stehen die Beziehungen zwischen Mensch und Natur im Mittelpunkt meines Schaffens.

Bei meinen Spaziergängen entstehen die meisten meiner Verse. Ich beschränke mich dabei nicht nur auf die hochdeutsche Sprache, sondern habe einiges in Westricher Mundart verfasst. Einen Teil meiner Gedichte konnte man in verschiedenen Zeitungen, Kalendern und im Rundfunk kennen lernen.

Ob zum Nachdenken oder zum Schmunzeln, sie werden immer das Richtige in diesem Büchlein finden.

Ich wünsche Ihnen nun viel Spaß beim Lesen.

Friedchen Göttle

Morgenstunde

Schon früh am Morgen zeigt sich die Sonne
ihre Strahlen wärmen mein Gesicht
ich erwache aus seltsamen Träumen
und freue mich über der Sonne Licht.

Draußen im Garten hüpfen bunte Vögel
von Zweig zu Zweig
und singen mir ein Morgenlied
da hält mich nichts mehr drinnen
mich zieht's hinaus wo's grünt und blüht.

Ich atme die herrliche Frische
und genieße die Stille weit und breit
wo Vogelzwitschern und Blumenduft
das ist für mich die schönste Zeit.

Ich liebe diese Morgenstunde
wenn leise die Natur erwacht
dann bewundere ich Gottes Schöpfung
der dies alles hat vollbracht.

Sommerabend

Ein Sommertag geht nun zu Ende
und auch die Arbeit hat jetzt Ruh
die letzten goldenen Sonnenstrahlen
lachen mir noch freundlich zu.

In der Ferne Abendglocken läuten
und stille wird es nun im Tal
über satte grüne Wiesen tanzen
lustige Mücklein ohne Zahl.

Dort ein paar Schritte weiter
ein Rascheln das mich jäh erschreckt
doch es ist ja nur ein kleiner Hase
der ängstlich sich im Gras versteckt.

Dann rennt er schnell von dannen
dreht sich um und bleibt ganz plötzlich stehn
hebt seine kleinen Vorderpfötchen
als wollt er sagen: Dankeschön.

Und all die vielen bunten Blumen
die hier am Rand des Weges stehen
sie tanzen im leisen Abendwind
ihren Reigen, wunderschön.

Vorbei das muntere Bächlein fließt
es kann nicht stille stehen
und murmelt ein Liedchen vor sich hin
es muß ganz schnell von dannen ziehen.

Ganz oben im hohen Baume
singt eine Amsel ihr Abendlied
mich umgibt ein Duft von blühendem Grase
das spielend sich wie im Tanze wiegt.

Da singt mein Herz vor Freude
und jubelt in meiner Brust
ich schließe wie im Traume meine Augen
und empfinde Glück und Lust.

Ein Gefühl überkommt mich ganz plötzlich
berauschend schön und süß
ja hier bin ich zu Hause
und das ist mein Paradies.

Abendspaziergang

Mein Weg mich am Abend zum Waldsee führt
den die sinkende Sonne vergoldet.
Gräser und Blätter vom Winde leicht berührt,
sehen aus, als ob sie tanzen wollten.

Und tausend Mücklein summen ihr Lied
von zirpenden Grillen begleitet.
Vergessen sind des Tages Sorgen und Müh
wenn mein Schritt mich hier hin leitet.

Ein Vogel im Baum hoch über mir
läßt froh sein Abendlied erklingen.
Mein Herze jauchzt und freuet sich
und möchte mit ihm singen.

O, selige, holde Abendstund
wenn des Tages Hast ein Ende
hier find ich Frieden und innere Ruh
und falte zum Gebet die Hände.

Die Nacht

In langen Winternächten
da liege ich oftmals wach
wenn mich umgibt die Stille
dann hänge ich meinen Gedanken nach.

Der Mond kommt leis geschlichen
und blinzelt durchs Fenster mir zu
sein silberfunkelndes Leuchten
schenkt Frieden mir und Ruh.

Lustige Schattengestalten
tanzen einen Reigen an der Wand
fröhlich und ausgelassen
wie in einem Zauberland.

Ihr Tanz wird immer schneller
im hellen Mondeslicht
sie nicken mir zu ganz freundlich
bis plötzlich die Stille bricht.

Von weitem schlägt die Turmuhr
eine volle Stunde nach Mitternacht
da halten sie plötzlich inne
und verschwinden im Dunkeln ganz sacht.

Der Mond begleitet sie nach draußen
im Schimmer seiner silbernen Pracht
er führt sie ins Reich der Träume
und wünscht mir eine »Gute Nacht«.

Auf der Suche nach dem Glück

Ich denke nach in langen Stunden
wenn die Stille sich macht breit
und suche das Glück, wer hat's gefunden
was hält die Zukunft für mich bereit?

Steht es etwa in den Sternen
oder erzählt es mir bei Nacht der Mond
er sieht auf uns alle nieder
weiß er wo das Glück wohl wohnt?

Bestimmt hat er es schon gefunden
er kann doch alles sehn
und blickt doch in jeden Winkel
ihm kann doch nichts entgehn.

Ich frage den Wind und die Stürme
wenn sie vorüberziehn
habt ihr das Glück gefunden
dann nehmt mich mit dorthin.

Am Himmel die goldene Sonne
mir freundlich entgegenlacht
ist sie ihm schon begegnet
oder hat sie es mitgebracht?

Ob Sonne, Mond oder die Sterne
alle bleiben still und stumm
sie antworten nicht auf meine Frage
und ich weiß nicht warum.

Und wo ich auch jemals fragte
keiner hat es je gesehen
ich bekam nur eine Antwort:
»Ja, Glück zu haben das ist schön.«

Und eines Nachts im Traume
sah ich einen Engel vor mir stehn
er schaute mich an und lächelte
und war so wunderschön.

Ganz leise sprach er dann zu mir
und sah mir ins Gesicht
das Glück ist lange schon bei dir
du weißt es nur noch nicht.

Du hast es schon gefunden
vor langer, langer Zeit
du kannst es nur nicht sehen
es heißt: »Zufriedenheit«.

Das kleine Nachtgespenst

Am Abend wenn es dunkel wird in allen Gassen
und nur der Mond am Himmel steht
vom Kirchturm läuten die Abendglocken
ein jeder schnell nach Hause geht.

Der Nachtwind pustet um die Häuser
die Straßen sind wie leer gefegt
ängstliche Kinderaugen schauen durch die Fensterscheiben
wenn das Nachtgespenst auf seine Reise geht.

Mal versteckt es sich in dunklen Ecken
oder hüpft vergnügt von Baum zu Baum
treibt Schabernack verbreitet Angst und Schrecken
mal hier mal da man sieht es kaum.

Des Nachts bei Vollmond auf den Dächern
da tanzt es einen Freudentanz
ganz töricht wild und ausgelassen
die Dunkelheit verschlingt es ganz.

Sein Lachen schallt durch Berg und Täler
bis langsam dann der Tag erwacht
die Sonne kommt und leuchtet wieder
vorbei ist die Gespensternacht.

Das Paradies

Sag mir wo ist das Paradies
werd ich es jemals sehn
ich sah es in meinen Träumen
dort ist es wunderschön.

Dort gibt's kein schlechtes Wetter
weil immer nur die Sonne scheint
man kennt da keinen Streit und Ärger
und alle sind im Glück vereint.

Da spürt man keine Schmerzen
schläft friedlich jede Nacht
es begleiten uns nur süße Träume
bis früh am Morgen man erwacht.

Dann kommen zwei kleine Englein
und bringen mir das Frühstück ans Bett
sie servieren mir das beste Essen
und singen dazu im Duett.

Auf grünen blühenden Wiesen
tanzen sie dann Ringelreihn
sie lächeln mir zu ganz freundlich
und laden mich zum Tanze ein.

Unter duftenden blühenden Bäumen
findet man Frieden dort und Ruh
da gibt es keinen Kummer noch Sorgen
alle Wünsche erfüllen sich im Nu.

Durch ein liebliches Vogelgezwitscher
bin ich ganz plötzlich dann erwacht
ich habe das Paradies gesehen
und sei es auch nur für eine Nacht.

Muttertag

Frühmorgens schon rappelt der Wecker
dann springe ich froh aus dem Bett
bereite den Kaffee, hol Brötchen
und decke den Tisch recht nett.
Dann bring ich die Kinder zur Schule
und kaufe noch hinterher ein.
Ich habe keinen Grund mich zu beklagen
denn ich darf ja Mutter sein.

Dann putz ich die Wohnung, die Möbel
und geh mit dem Hund noch mal raus
danach muß ich schnell in die Küche
denn schon bald kommen die Kinder nach Haus.
Überschütten mich mit all ihren Sorgen,
und die sind oftmals nicht klein.
Doch ich hab keinen Grund mich zu beklagen
denn ich darf ja Mutter sein.

Dann tollen sie durch die Wohnung
und ihr Lachen klingt hell wie Musik
das möchte ich niemals missen
es ist für mich ein Teil vom großen Glück.
Und bringe ich sie am Abend zu Bette,
dann wird es ganz stille im Haus.
Müde setze ich mich dann nieder
und strecke meine Glieder aus.
So geht es immer weiter, tagaus und auch tagein
doch ich hab keinen Grund mich zu beklagen
denn ich darf ja Mutter sein.

Und heißt es dann eines Tages
deine Zeit ist nun vorbei
dann falte ich meine Hände
und mach mich von allem frei.
Ich danke für jede Minute Freude
und war sie auch noch so klein.
Für die »schönste Rolle des Lebens«
ich durfte Mutter sein.

Die Zeit

Die Zeit sie wird nicht stille stehn
wird sich die Erde weiter drehn
oft frag ich mich im stillen Kämmerlein
was wird in hundert Jahren sein?

Wird die Sonne noch am Himmel stehn
und werden noch die Winde wehn
werden Wolken noch vorüberziehn
macht der Regen noch die Felder grün?

Werden auf den Wiesen noch bunte Gräser stehn
kann man noch durch duftende Wälder gehn
sieht man am Wegesrand noch leuchtende Blumen blühn
und bunte Vögel durch die Lüfte ziehn?

Wird der Mond am Himmel noch leuchten bei Nacht
und die Sterne noch funkeln in all ihrer Pracht
wird es noch Tage und Nächte geben
werden auf der Welt die Tiere noch leben?

Sieht man dann noch die Bäume blühn
und sprudelnde Bäche die von dannen ziehn
wird es noch Sommer und Winter geben
werden die Menschen länger leben?

Hört man noch ein frohes Kinderlachen
gibt es noch Menschen die andere glücklich machen
werden sie dann noch zusammenhalten
und zum Gebet die Hände falten?

Oder werden die Menschen Kriege führen
werden Hass und Terror die Welt regieren
gibt es keinen mehr der auf einen Hilfeschrei hört
dann hat der Mensch die Erde zerstört.

Ein wahrer Zauberer

Er ist der größte Künstler weit und breit
mit seiner bunten Pracht
die Farben stets verändern sich
ganz plötzlich über Nacht.

Auf leisen Sohlen kommt der Herbst
geschlichen durch das Land
malt Wiesen Wälder bunt und schön
so wie von Zauberhand.

Kein Maler kommt ihm jemals gleich
und hätte er es auch noch so sehr gewollt
was gestern grün und gelb noch war
schimmert heute in leuchtendem Gold.

So wandert er tagaus tagein
durch Berge Feld und Wald
und treibt sein buntes Farbenspiel
von weitem ein Jagdhorn schallt.

Und dann nach einer kurzen Zeit
da konnte man ihn nicht mehr sehn
verschwunden war sein Farbenspiel
er mußte eilends gehen.

Man konnte es gleich erkennen
der Winter regierte jetzt das Land
wo einst die bunte Farbenpracht
man nur noch kahle Bäume fand.

Herbst

In Schleier gehüllt sind Wald und Flur
Tautropfen funkeln allerorten
die Sonne tritt ganz sacht hervor
denn es ist Herbst geworden.

Der Wald trägt nun sein schönstes Kleid
bevor er geht zur Ruh
ein Reh das meinen Schritt vernahm
läuft dem nahen Dickicht zu.

Wo Vogelsingen hell erklingt
und Mücklein tanzen in der Sonne
o Schöpfer dieser Wunderwelt
erfüllst mein Herz mit Wonne.

Noch einmal zeigt sich die Natur
in all ihrer bunten Pracht
voll Dankbarkeit mein Auge schaut
was du o Herr vollbracht.

Und wird es einst Herbst in deinem Leben
und letzte Sonnenstrahlen vergolden dir den Tag
so mancher Herbst kann vieles geben
was oft ein Sommer nicht vermag.

Mein Traum vom Fliegen

Wenn der Herbst mit Brausen zieht durchs Land
und kühle Winde wehn
dann möchte ich so gerne mit ihnen ziehn
um die ganze Welt zu sehn.

Schon damals in der Kinderzeit
wenn der Wind mir blies ins Gesicht
erhob ich meine Arme zum Fliegen weit
doch es gelang mir leider nicht.

Oft schaute ich den Vögeln nach
wenn sie mit ihren Flügel schlagen
dann machte ich es ihnen nach
doch der Wind wollte mich nicht tragen.

Auf den Höhen springen lachende Kinder umher
und lassen ihre bunten Drachen steigen
der Wind trägt sie in die Lüfte hoch
man sieht wie sie sich dann verneigen.

Noch heute sehe ich gern dem Herbstwind nach
wenn draußen sich die Bäume biegen
bunte Blätter tanzen wild umher
bevor sie himmelwärts fliegen.

Ich finde es so traumhaft schön
sich in die Luft zu schwingen
vielleicht wird es doch einmal wahr
die Zeit wird vieles bringen.

Und ist es dann einmal so weit
keiner weiß wie fern es liegt
der Wind wird mich begleiten dann
wenn meine Seele himmelwärts fliegt.

Der Winter naht

Ganz langsam zieht der Winter jetzt ins Land
der Herbst geht nun dahin
alle Pflanzen und Sträucher verneigen sich
wenn die Herbststürme von dannen ziehen.

Bunte Blätter durch die Lüfte wehn
sie tanzen ihren letzten Tanz
bevor sie wirbelnd zu Boden gehn
der Winter verschlingt sie ganz.

All die Bäume im nahen Park
sie stehen starr und kahl
ein blinkender Sonnenstrahl durch die Äste dringt
für lange Zeit ein letztes Mal.

Die letzten Blumen stehen zitternd am Wegesrand
auch sie wollen schlafen gehn
und träumen einen süßen Traum
von einem Frühling jung und schön.

Und auch die Tiere im nahen Wald
sie tragen schon ihr wärmstes Kleid
der Winter naht und es wird sehr kalt
und alle machen sich bereit.

So will die Natur nun schlafen gehen
und alles begibt sich nun zur Ruh
der Winter kommt mit seiner weißen Pracht
und deckt alles Leben zu.

Der erste Schnee

Dicke dunkle Wolken am Himmel ziehn
gefroren ist der See
alle Gräser glitzern wie Eiskristall
bald kommt der erst Schnee.

Die Bäume stehen still und starr
Eiszapfen glitzern an den Zweigen
ein Vogel in den Ästen hüpft
die sich dann still verneigen.

An den Fenstern drücken Kinder ihre Nasen platt
sie können es kaum erwarten
da … ein paar Schneeflocken sieht man schon
sie fallen in Nachbars Garten.

Auf den Straßen tummeln die Menschen sich
wollen schnell zu Hause sein
sie sehnen nach einer warmen Stube sich
doch das Schneegestöber holt sie ein.

Der Schnee fällt immer dichter
man kann fast nichts mehr sehn
doch Franz und Liese beeilen sich
wollen einen Schneemann bauen gehn.

Mit rot gefrorenen Näschen
konnte man die beiden draußen sehn
sie lachten und sie freuten sich
mit ihrem Schneemann wunderschön.

Und dann nach einigen Tagen
war der Schneemann nicht mehr da
dort wo er einst gestanden hat
nur noch eine Pfütze war.

Der Schneemann

Nach langen verschneiten Winternächten
da konnte ich einen Schneemann sehn
er stand in Nachbars Garten
und war ganz lustig anzusehn.

Im Gesicht eine lange rote Nase
die stand ihm wirklich gut
einen bunten Schal um seinen Hals
auf dem Kopf ein schwarzer Hut.

Und zeigte sich die Mittagssonne
da liefen Tränen ihm übers Gesicht
er war so traurig und ganz alleine
und das gefiel ihm wirklich nicht.

Des Nachts in seinen Träumen
da war er nicht allein
er wünschte sich jeden Morgen
es möchte bald Wahrheit sein.

Und dann in einer klaren Mondnacht
wie Silber glitzerte der Schnee
da hat er seine Schneefrau gefunden
ich konnte es selber sehn.

Sie hielten sich eng umschlungen
und tanzten die ganze Nacht
dann sind sie zusammen verschwunden
als langsam der Tag erwacht.

Es war am nächsten Morgen
da konnte ich den Schneemann nicht mehr sehn
er war für immer gegangen
mit seine Schneefrau so wunderschön.

Ich ging dann hin zum Nachbarn
und sprach ihn darauf an:
»Wo ist denn nur der Schneemann
den ich nicht mehr sehen kann?«

Er sprach zu mir: »In meinem Garten
noch nie ein Schneemann stand«
nachdenklich ging ich dann nach Hause
war ich vielleicht im Märchenland?

Die oft so gepriesene Weihnachtszeit

Weihnachten naht das schönste Fest
überall glänzen die bunten Lichter
auf den Straßen drängen die Menschen sich
das Schneegestöber wird immer dichter.

Vor den vielen bunten Spielzeugläden
drücken Kinder ihre Nasen breit
begleitet von großen und kleinen Wünschen
in dieser schönen Weihnachtszeit.

Klein Evchen möchte gern den bunten Puppenwagen
und Franz wünscht sich das Schaukelpferd
doch Karl hat sich für ein Auto entschieden
und für seine kleine Schwester den Puppenherd.

Auch Frau Wohlstand schlendert durch die Geschäfte
einen neuen Pelz braucht sie auf jeden Fall
und noch dazu ein schickes Abendkleid
für den bevorstehenden Weihnachtsball.

Draußen wird es langsam dunkel
und alle Menschen drängen jetzt nach Haus
ein Weihnachtsmann der am Wege steht
teilt noch Prospekte aus.

Eine alte Frau geht frierend durch die Gassen
die eisige Kälte schlägt ihr ins Gesicht
sie denkt an ihre kalte Stube
und träumt von einem warmen Licht.

Man fand die Frau am nächsten Morgen
erfroren mit einem Lächeln friedlich und süß
der Weihnachtsmann ist wohl zu ihr gekommen
und brachte sie ins Paradies.

Ach du so oft gepriesene Weihnachtszeit
wo die Menschen kaufen um zu schenken
ich glaub, du hast deinen Sinn verloren
das gibt mir sehr zu denken.

Frühlingserwachen

Ganz heimlich still und leise
so plötzlich über Nacht
der Frühling ist gekommen
mit seiner bunten Pracht.

Hoch oben am blauen Himmel
die Sonne freundlich lacht
nach langen dunklen Tagen
ist die Natur erwacht.

Der Baum vor meinem Fenster
er zeigt sein schönstes Grün
und unter ihm im Grase
die kleinen Veilchen blühn.

Ein Vogel hoch im Baume
stimmt froh sein Liedchen an
er freut sich seines Lebens
und singt so laut er kann.

Dort zwischen grünen Wiesen
und buntem Blumenblühen
zieht murmelnd klar und freudig
ein munteres Bächlein hin.

Und wie ich so stehe und schaue
da wird mein Herze weit
ich danke für jeden Morgen
in dieser herrlichen Frühlingszeit.

Sommerregen

Am Himmel zeigt sich die Morgensonne
ein leichtes Grau verschleiert ihr Gesicht
noch ein paar Sonnenstrahlen drängen sich
durch Nebelschleier doch bald schon sieht man sie nicht.

Dunkle Wolkenwände kommen
und machen sich dick und breit
alles wartet auf den ersehnten Regen
in dieser schwülen Sommerszeit.

Die Blätter an den Bäumen hängen
kraftlos zu Boden sich geneigt
auf allen Äckern und Wiesen sieht man
eine große Dürre und Trockenheit.

Die Blumen und Gräser in Feld und Garten
haben traurig ihre Köpfe zu Boden gesenkt
sie sehnen sich nach einem erfrischenden Regen
der ihnen ein neues Erwachen bringt.

Und plötzlich fallen die ersten Tropfen
und immer stärker regnet's dann
die Natur blüht auf und atmet wieder
und alles fängt zu Leben an.

Der Kirschbaum

Vor unserm Haus ein Kirschbaum steht
der kennt gar viel Geschichten,
er steht seit meiner Kindheit da
von Freud und Leid kann er berichten.

Er sah mich schon auf Mutters Schoß
als kleines Kind hier sitzen,
und seine Zweige rauschten leis
als wollt er mich beschützen.

Und wenn als Kind ich traurig war
mein Weg zum Kirschbaum führte,
bei ihm allein nur fand ich Trost
wenn er mich sanft berührte.

Viel später dann als junge Braut
ihm konnt ich es gestehen,
hat er in mancher Sommernacht
so glücklich mich gesehen.

Und darauf dann im nächsten Jahr
zum Kirschbaum ging ich wieder,
ein kleines Kind auf meinem Schoß
der Wind sang Wiegenlieder.

Auch heute noch so manches Mal
wenn die Sorgen sind am größten,
dann geh ich still zum Kirschbaum hin
und weiß er will mich trösten.

In seinen Wipfeln rauscht es leis
als wollte er mir sagen:
»Bleib ruhig und verzage nicht
du wirst auch dies ertragen.«

Und wenn ich einst zum letzten Mal
tu unterm Baum verweilen,
dann bitt ich ihn: »Du lieber Baum
laß mich die Erde mit dir teilen.«

Der schönste Ort

Ich weiß einen Ort so wunderschön
wo einst meine Wiege stand
keinen schöneren hab ich je gesehn
im ganzen weiten Land.

Viel bunte Blumen sah ich blühn
tausend Rosen und Akeleien
doch duften sie nirgendwo so süß
wie in Mutters Garten daheim.

Auch sprudelnde Bäche gibt es viele
ich hab sie nie gezählt
Der murmelnde Bach hinter unserem Haus
mir von allen am besten gefällt.

Und stolze Tannen sah ich stehn
majestätisch in ihrer Pracht
doch ihr Rauschen klang nirgendwo so schön
wie das Rauschen unserer Tannen bei Nacht.

Unzählige Vögel hab ich gesehn
mit herrlichem Gefieder
doch nirgendwo hört ich sie singen so schön
wie daheim ihre frohen Lieder.

Große bunte Häuser konnte ich schauen
sie erschienen mir stumm und kalt
keines tauschte ich jemals ein
für mein Elternhaus so friedlich und alt.

Ein Gefühl

Ich spüre heut ein Gefühl in mir
das kann ich kaum beschreiben
wo sind nur all die Jahre hin
von der Zeit ließ ich mich treiben.

Die Kindheit zieht an mir vorbei
ausgelassen, fröhlich und ohne Sorgen
und jeder Tag war wunderschön
Kummer und Schmerz blieben mir verborgen.

Dann seh ich meine Jungendzeit
die schönste Zeit in meinem Leben
da lernte ich die Liebe kennen
und durfte Liebe geben.

Ich erinnere mich an jede Minute
jede Stunde voller Glück
doch sie bleibt mir unvergessen
denn sie kehrt nie mehr zurück.

Dann wurde ich eine junge Frau
stand mittendrin im Leben
die Zeit bestand nicht nur aus Glück
auch Kummer stand oft daneben.

Und war es auch oft erdrückend schwer
so verlor ich nie den Mut
das Kinderlachen und ihre Freudenschreie
machten alles wieder gut.

So denke ich oftmals jetzt zurück
wie viel Zeit noch wird Gott mir geben
es war bestimmt nicht immer leicht
doch sicher ein erfülltes Leben.

Wenn Großmutter erzählte

Ich werde es im ganzen Leben nie vergessen
wie oft ich auf Großmutters Schoß gesessen.
Sie konnte erzählen so etwas gibt es heute kaum,
wenn es abends dämmerte und langsam dunkel wurde im
Raum
dann öffnete sie die Ofentür und Schattenbilder wie im
Traum
die konnte man an den Wänden tanzen sehn.
Und Großmutter fing an zu erzählen von einer Prinzessin
wunderschön
von einem Herzog der hier wohnte in einem schönen Schloß
mit unterirdischen Gängen, die waren riesengroß
von Zwergen und Riesen, die hausten im dunklen Walde
wo nachts die Wölfe heulten und das Lachen der Geister
schallte.
So hat sie mir jeden Abend andere Geschichten erzählt
dabei hat sie mir Äpfel oder Birnen geschält.
Manchmal legte sie auch Äpfel in die heiße Glut
die dufteten so herrlich und schmeckten soo gut.
Sie erzählte weiter von Straßen und Geschäften die damals
noch nirgends waren zu sehn
und brauchte man Mehl, dann mußte man zum Müller in die
Mühle gehen.
Die meisten anderen Sachen pflanzte man mit eigener Hand
Kleinkram und Gewürze brachten die Händler ins Land.
Sie kamen mit Kutschen oder ritten auf Pferden und boten
ihre Waren an
dann hörte sie auf zu erzählen und sang mir das Lied vom
Kümmelmann:

»Hoh hoh hoh de Kümmelmann is do
er reit die Berge uff un ab
ehr Leitcher kaaft mer Kümmel ab
hoh hoh hoh de Kümmelmann is do.«
Sie konnte erzählen und singen ohne Ende
ich saß auf ihrem Schoß und sie streichelte meine Hände.
Langsam wurde ich müde und die Augen fielen mir zu,
sie brachte mich zu Bette und deckte mich sanft zu,
dann falteten wir die Hände zum Abendgebet.
Danach sang sie mir noch das Lied vom Mond der auf die
Reise geht.
Noch oftmals nachts in meinen Träumen hör ich sie singen
ihre Lieder,
dann zieht die Kinderzeit an mir vorbei, doch niemals kehrt
sie wieder.

Der Lindenbaum

Ein Vöglein sang im Lindenbaum
so herrlich seine Lieder,
es sang von Jungendzeit und Glück
doch längst sind sie vorüber.

Die alte Bank beim Lindenbaum
darauf wir oft gesessen,
und träumten unsern schönsten Traum
ich werd es nie vergessen.

Der Hügel nah beim Lindenbaum
dort wo mein Lieb begraben,
ein Rosenstrauß als letzter Gruß
erzählt von glücklichen Tagen.

Nun sitz ich allein beim Lindenbaum
und Schmerz beugt mich hernieder,
ein Vöglein singt von vergangenem Glück
ich weiß es kehrt nie wieder.

Gute Besserung

Jede Krankheit, jedes Leiden
hat genau besehn zwei Seiten.
Jeder Schmerz läßt uns dann erkennen
daß wir was wir Gesundheit nennen
in frohen Tagen nicht zu schätzen wissen
bis wir geplagt das Bett dann hüten müssen.
Das Leben ist so kurz und schwer
und wir vermasseln es noch mehr
wir sollten uns doch öfters mal besinnen
und jedem Tag ein paar frohe Stunden abgewinnen.
Gute Freunde und frohe Stunden
wie glücklich ist der dies gefunden.
Gute Laune Witz und Humor
haut auch die schwerste Krankheit übers Ohr.
Und noch ein wenig Gottvertrauen
so können wir auf die Zukunft bauen.

Klage einer Ehefrau

Wenn frühmorgens schon klingelt der Wecker
dann schau ich in Dein zerknirschtes Gesicht
und sage dann ganz leise: »Ich liebe Dich«
doch so was sagst Du zu mir nicht.

Du stehst auf und schleppst Dich ins Badezimmer
dabei murmelst Du etwas vor Dich hin
und ich warte auf ein paar nette Worte
doch so was ist bei Dir leider nicht drin.

Ich tummele mich derweil in der Küche
und rufe Dich zum Kaffee schon bald
ich bring ihn noch dampfend zu Tische
doch Dir ist er mal wieder zu kalt.

Danach springst Du schon aus der Wohnung
und ich sehne mich nach einem lieben Wort
doch ehe es mir richtig klar wird
da bist Du schon wieder fort.

Ich sammle dann in jedem Zimmer
Deine zerstreuten Kleider wieder ein
denn wenn Du am Abend kommst nach Hause
da soll ja wieder Ordnung sein.

Ich putze und wasche, geh kaufen
dann koche ich Dein Lieblingsgericht
ich freu mich auf den Feierabend
auf Dich und ein freundliches Gesicht.

Dann höre ich Dich endlich kommen
mit kurzem Gruß trittst Du herein
gehst achtlos an mir vorüber
und schaltest den Fernseher ein.

Das Essen scheint Dir zu schmecken
doch ich höre von Dir keinen Ton
dann setzt Du Dich gähnend in den Sessel
da kommt auch die Tagesschau schon.

Es dauert dann gar nicht mehr lange
und Du schläfst müde ein
ich hätte noch gern ein nettes Wort gehört
doch es hat nicht sollen sein.

Familien-Wandertag

Oh, wandern, wandern du wahre Lust,
so steht es oft geschrieben,
auch Papa und Mama wandern heut
mit ihren Kindern sieben.

Der Papa schreitet stolz voran
hinterher die Kinderschar,
die Mama stimmt ein Liedchen an
der Himmel ist so klar.

Doch kaum begonnen war das Lied
da schreit schon Fritz der Kleine:
»Ach Papa, Papa trag mich doch
ganz schwer sind meine Beine.«

Und Papa hebt den Kleinsten hoch
nimmt ihn auf seinen Rücken
da ruft schon Klaus: »Ich kann nicht mehr,
weil meine Schuhe drücken.«

Klein Evchen stolpert sie fällt hin
und fängt schon an zu weinen,
da kommt Mama und tröstet sie
und macht ihr Mut, der Kleinen.

Und Karl der Älteste von allen
der möchte jetzt was essen,
doch Mama stellt bedauernd fest
sie hat die Stulln vergessen.

Und auch die andern Kinderlein
findens »Wandern« nicht mehr lustig
den einen schmerzt es irgendwo
die andern die sind durstig.

Ins grüne Gras setzt man sich dann
und macht 'ne kleine Pause,
bis Papa dann ein Machtwort spricht:
»Wir wandern jetzt nach Hause.«

Oh, wandern, wandern du wahre Lust,
wer hat das bloß geschrieben?
Ein Dichter war es ganz gewiß,
doch nicht mit Kindern »sieben«.

Vatertag

Alle Väter sind heute aus dem Häuschen
da gibt es nicht Kummer noch Plag
heut fühlt sich Vati mal wieder kräftig
an seinem besonderen Tag.

Die Muttis bleiben heut schön zu Hause
schließlich war ja erst Muttertag
nur so kann sich Vati entfalten
an diesem besonderen Tag.

Ja Vati macht heute den Starken
und schaut hübschen Mädchen nach
heut geht es Vati ganz glänzend
denn heut ist ja »Vatertag«.

Doch Mutti denkt heut schon an morgen
wenn Vatis Kräfte dahin
und sie für ihn Tee darf bereiten
und besorgt für seine Kopfschmerzen Medizin.

Dann wird Vati wieder ganz der Alte
und sagt, daß er Mutti so gerne mag
sie ist wieder die »Allerbeste«
bis zum nächsten »Vatertag«.

Klassentreffen

Heute so mit 50 Jahren
gut durchwachsen und lebenserfahren
sind wir zusammen in großer Zahl
beim Klassentreffen hier im Saal.

Nach all diesen Jahren
voller Sorgen, doch auch Glück
da schaue ich ach so gerne
auf meine Schulzeit zurück.

Wie waren wir sorglos
stets unbeschwert und frei
doch diese Zeit der Kindheit
ging viel zu schnell vorbei.

Dann kam der Ernst des Lebens
und es war wahrhaftig kein Spiel
auch kamen Kummer und Sorgen
mal wenig und mal viel.

So vergingen all die Jahre
und unsere Kinder, ja sogar die Enkel sind heute schon
groß
auch was es heißt krank zu sein, mußten wir erfahren
mancher von uns ruht schon in der Erde Schoß.

Doch nehmen wir das Leben heiter
und genießen jeden Tag
irgendwie geht's immer weiter
bis der da oben nicht mehr mag.

Bleibt immer jung im Herzen
bewahrt den Humor und nehmt nichts zu schwer
verlebt jeden neuen Tag so
als wenn es euer letzter wär.

Was ich so liebe

Ich liebe den strahlenden Morgen
wenn hell der Tag erwacht
vorbei sind alle Sorgen
die mich begleiten bei Nacht.

Ich liebe die strahlende Sonne
ihre Wärme gibt mir neue Kraft
ich atme den Duft blühender Bäume
wer hat diese Wunder erschafft?

Ich liebe den Wald und grüne Wiesen
hier finde ich Frieden und Ruh
am Wegesrand die blühenden Blumen
sie nicken mir freundlich zu.

Ich liebe die Vögel in den Wipfeln
wenn sie singen froh ihr Morgenlied
ein Wanderer grüßt mich freundlich
der fröhlich von dannen zieht.

Ich liebe den Mond und die Sterne
mit all ihrer goldenen Pracht
wenn sie mich begleiten zur Ruhe
und wünschen mir eine gute Nacht.

Was Du für mich bist

Du bist für mich der helle Morgen
der die dunklen Schatten verdrängt
Du bist für mich die Sonne
die Licht und Wärme mir schenkt.

Bei Dir fühl ich mich geborgen
und finde Ruhe in Deinem Schoß
Dein Streicheln vertreibt mir alle Sorgen
meine Liebe ist tief und groß.

Und bin ich Dir auch so ferne
so bin ich immer Dir nah
am Himmel die unzähligen Sterne
sie sind für uns beide da.

Der Mond allein kennt unser Verlangen
er gibt unser Geheimnis nicht preis
er kennt unsere große Sehnsucht
von der sonst niemand weiß.

Sehnsucht

Meine Gedanken wandern oft zurück
die Zeit mit Dir war so schön
der Abschied fiel uns beiden schwer
wann werden wir uns wiedersehn?

Des Nachts in meinen Träumen
siehst Du mich lächelnd an
dann sind wir im Himmel der Liebe
wo unser Glück einst begann.

Ich spüre dann Deine Nähe
wenn Du mich zärtlich küßt
aller Schmerz ist dann vorüber
weil Du wieder bei mir bist.

Du hältst mich fest in Deinen Armen
und sagst: »Ich laß Dich niemals wieder los
endlich hab ich Dich gefunden
meine Liebe zu Dir ist so groß.«

Doch wenn ich dann erwache
schließt sich ganz leise eine Tür
Du bist heute Nacht gekommen
und warst im Traum bei mir.

Ich hatte Dich schon fast verloren
und war so lang allein
doch nachts in meinen Träumen
wirst Du immer bei mir sein.

De Ausflug

Ehr Leid heit wird es endlich wohr
wo mer so lang geschbart defor
ich saan eich jo es is kä fauler Zauber
meer fahre no Rothenburg ob der Tauber.

Es Inge is noch schnell in die Fundgrub gelaaf
un hat sich noch e neies Klädche kaaf
es Helga is nimmi ins Nachthemd rinn komm
do hat's noch schnell e paar Pund abgenomm.

Seid Woche schunn duts seine Albrecht dränge
du mer doch ver no Rothebursch noch e paar Tangaslips
metbrenge
es Helen hat sich schnell noch e paar neie Schuh misse kaafe
in dene alte konnts nimmi gut laafe.

Un allegar ware se noch schnell beim Frisör
E nei'i Frisur hat noch misse her
uff e paar Mark isses dene net akomm
dromm hannse a noch e Fläschje 4711 metgenomm.

Un wie ich do owends so beim Packe bin
do geht's mer uff ämol dorch de Sinn
du liewe Zeit mer bleiwe jo iwwer Nacht
do hann ich noch schnell mei Reizwäsch startklar gemach.

Jo meer fahre fer zwä Daach gradaus ins Glick
un losse die Alldaachssorje serick
mer duhn emol die zwä Daach lang gure Bissjer verzehre
un wenn mer nochher hääm komme
dann schaffe mer nochmol so gähre.

Mein Verein

Meer Weibsleit vom Turnverein, meer halle sesamme
denn unser Verein is ganz allää fer die Mamme
dort semmer unner uns und es dud uns nimmand schdehre
das is de änsich Platz, wo meer allän kommedeere
un wenn mer gebraucht werre, do duhn meer gleich flitze
ich kann eich nur saan, unser Verein der is Spitze.

Egal wo es fehlt meer schprenge gleich rinn
do werd net lang gefackelt un so soll's a sinn
bei unserer Versammlung geht's immer hoch her
was däd ich nore mache, wenn unser Verein net wär
ich käm net zum Haus enaus, mist immer dehäm sitze
ich kann eich nur saan, unser Verein der is Spitze.

Un unsere Beschprechunge dauere als bis dief in die Nacht
denn wenn mer was mache, werd's a grindlich gemacht
un komme mer dann häm, dann schleich ich mich ganz sacht
uff de Schdremp dann die Deer ninn, daß de Alt net erwacht
mer meischdere alle Schwierischkeide, dun jedi Sach ritze
ich kann eich nur saan, unser Verein der is Spitze.

Doch wenn ehr denke bei uns gäbs nur Sitzunge, net die Spur
mer dun a ab un zu was fer unser Figur
mer mache grosse Wannerunge bei Daach un bei Nacht
unn singe met de Veschel das is e wahri Pracht
un hinneno verzehle mer noch bei Kaffee un Kuche
derzeit kenne die Mannsleid dehäm die trockene Weck
sammesuche
mer esse un trinke dann, solang bis mer schwitze
ich kann eich nur saan, unser Verein der is Spitze.

Ich siehn's eich jo aan, jetzt froe ehr eich
was uns so jung erhalt, ich saan's eich gleich
mer han Sonne im Herze, mache alles met Humor
dann kommt zwische de dickschde Wolke a die Sonn werrer
hervor
noor dehäm eromm zu versauere das dud uns nix nitze
ich kan eich nur saan, unser Verein der is Spitze.

De Iwwerfall

Uff Nochbers Gelände groß un grien
do kann mer nohr glicklische Hinkel siehn
Familie Fuchs kennt sich do besonnersch gut aus
die besuche oftmols dene ehr Hinkelshaus.

Jedi Nacht schleiche die umher
un gucke, wo do was se hole wär
unn wenn die Hinkel so rischtich stramme Wade hann
dann ricke se an met dem ganze Clan.

Schunn viermol hann se zugeschlaa
un die Hinkel dann in ehre Bau getraa
dann hat sich de Nochber e Hahn gehol
der wo die Hinkel bewache soll.

Un morjens, es war e Regedaach
do war isch besonnersch frieh schunn wach
gucke es Fenschder naus, un denke, was is do los
do schdeht de Hahn wie e begossener Pudel uff de Schdrooß.

Er hat sich net geriehrt vum Fleck
sei ganze Hinkel ware weg
do ruf ich iwwer de Nochbersmann
komm guck der dene Hahn mol an.

Das iss meiner saad er, das iss doch klar
well bei meer beschdimmt de Fuchs werrer war
er guckt ganz schnell in de Hinkelsschdall nin
nohr een Hinkel hockt noch verschischdert im Ecke drin.

Dann holt er sich e Schachdel, will dem Hahn gleich noh
o Schreck, o Graus der war nimmi do
do isser mit de Schachdel die Wies abgang
un hot ne dann owends werrer ingefang.

So e Hahn der trauert jo a net lang
er war drei Heiser weirer bei dene ehr Hinkel gang
de Nochber hat ne gleich in de Schachtel metgenomm
un werrer hääm zu dem arme Hinkel brong.

De Hahn un es Hinkel sitze jetzt allä im Schdall
un warde uff de nägschde Iwwerfall.

Frauen-Wandertag

Heit morje um siwwe, ach Gott war das schee
so frieh in de Nadur schunn erum se geh
meer sen gewannert un han gesung das war jo e Pracht
die Wolke sin verschwunn un die Sonn hat gelacht.
Meer Weibsleit allän das war so fein
unser Männer die schnarche jo noch vorreweg bis um »nein«
do trinke meer schun unser Kaffee un esse unser Kuche
un die Männer die kenne sich heit mol ehr Friehstick allän
samme suche.
Meer han emol frisch Luft geschnappt un de Vechel
zugehehrt
das sollte mer veel öftersch mache, es wär bestimmt net
verkehrt.
Hinneno noch so e Schwätzje in aller Ruh
derweil bereite unser Mannsleit es Meddachesse schun zu
un wenn meer dann hämkomme is de Disch schun gedeckt
die Wohnung is sauwer es is alles wie geleckt
das Esse schmeckt klasse mer glaabt's jo kaum
das Dumme is nohr, das bleibt fer mich e Traum.

De Urlaub

Im Sommer wollde mer a mol in Urlaub fahre
mer han nohr net gewusst wo hin
dann hann mer uns entschloss fer de Schwarzwald
weil's dort jo so schee soll sinn.

Es war ganz gemietlich
un mer han mol nix geschafft
das is im Urlaub jo so üblich
mer sammelt werrer nei'i Kraft.

Dene ehr Wälder sinn halt e bissje greeser als unsere
doch ehr Wiese genau wie bei uns so grien
ich glaab daß mer vor lauder Schaffe
unsere eichene Scheenheide nimmi siehn.

Ehr Wasser laaft a de Bersch nunner
un ehr Blume dun a so scheen bliehe
mer muss sich nor Zeit nemme zum Gucke
sonscht kann mer das alles net siehn.

Un wenn's bei deene mol blitzt un donnert
is gleich de Himmel ganz groo
doch wenn dann werrer die Sonn scheint
dann isser wie bei uns so bloo.

Un wie ich werrer dehääm war
ich konnt mich for Freid nimmi krien
do hann ich gleich met annere Au'e
mei scheenes Örtche gesiehn.

Ich glaab mer misst öfdersch verrääse
um annere Gäschende zu sehn
dann kännt mer als besser begreife
wie unser Palz so goldisch un scheen.

Die Krommbeer-Ernt

Jedes Johr im Herbscht um die selwe Zeit
do senn mer uff's Feld schun ganz frieh
fer Krommbeer auszumache wars dann soweid
ich han misse es Handwäänsche zieh.

Un wie mer dann ankomm senn im Schdick
han mer uns uffgeschdellt in äner Reih
mer han de Karscht in die Hand genomm
sogar die Kinner ware debei.

Dann han mer die Krommbeere ausgehackt
so nochenanner Reih fer Reih
wie die Kerb voll ware han mer se in die Säck gefillt
leere Säck horre mer genuch debei.

Domols hat mer noch alles selwer gemach
mer konnt net uffem Bulldog sitze
es Unkraut hat mer noch met de Hand rausgerobbt
un nimmand hat gedenkt ans Spritze.

Um zwölf Uhr war's dann Essenszeit
do is mei Großmodder schun angehetzt
mer horre's uns schun bequem gemacht
un all im Krääs rundum gesetzt.

E großes Dischduch hammer uff de Borm geleed
un die Krommbeersupp dann druff geschdelld
Quetschekuche hads dann gebb dezu
das is es beschde Esse vun de Welt.

Un wie mer owends hääm komm senn
do hammer gess se Nacht
selbschtgemachde Butter hammer uff de Disch geschdelld
un e groß Dos Schinke uffgemacht.

Wie alles geschaffd war do ware mer jo so schee mied
mer is faschd ins Bett e ninn gefall
kä Mensch is do uff dumme Gedanke komm
un so war's domols iwwerall.

De Westrich Kalenner

Jeres Johr um die gleiche Zeit
dut mich de Nochber fraache
saa' emol, hascht Du schunn was geheert
wann werd dann de »Westrichkalenner« ausgetraache.

Ich fro'e die Buwe vun de Schul
ob sie wissde do driwwer beschääd
denn die verdiene sich domet e bissje Daschegeld
un das macht ne großi Frääd.

De Thomas hat mer dann gesaat
ich glaab er kommt in de nägschde Woche
doch an welchem Daach, das wäß ich net
ich misst emol de Lehrer frooche.

Un endlich war es dann soweit
die Buwe senn im Dorf erum geschprung
un hann mer well ich ne jo schunn beschdellt
de Westrich Kalenner brung.

Veel nette Geschichte senn do drinn
un a veel scheene Bilder
bloß vun meinem Dörfche hann ich kääns gefunn
vielleicht wäje dene veele Bauschdelleschilder.

Denn unsere Schdrooße sen immer uffgeress
un mer find nore Loch an Loch
doch uff ämol is a mei Dorf als schmuckes Örtche drin
wer wääs vielleicht erlew' ich's noch.

Schlachtfescht orrer die Extra-Worscht

Ach sellmols war's, schunn lang is's her
ich war so e kläner Krutze.
Meer horre ausser unsere Kieh
a noch e paar fette Wutze.

Un wenn dann do mol Schlachtfescht war,
ach jä, wie war das schee.
Un so um sechs Uhr in de Frieh,
do musst mer schun uffschdeh.

Um siwwe Uhr is de Metzjer komm,
met all seine scharfe Messer.
Un alles hat schun bereit geschdan,
a fer die Worscht die Inkochglesser.

Doch wenn die Wutz geschlachd dann war,
ich war ganz dodruff versesse.
Hot mer de Metzjer jeresmol,
e Extra-Worscht angemesse.

Wie war ich schdolz met dere Worscht,
well se fer mich war ganz allään.
Sie hat so wunnerbar geroch,
un war so muggelisch klään.

Schun lang is es her, un ich han der Zeit
schun soveel Worscht gegesse.
Un kän'i war, so lääd mers dud,
so gut wie mei Extra-Worscht gewese.

De Loddozahle

Es is Sonndachmoije, so gä'e achde
un de Babbe schalt es Radio an
er is geschd Omend schun frieh schlofe
drum muss er jetzt die Loddozahle han.

Un endlich is es dann soweit
merr saat die sechs Zahle her
un hinneno häßt's dann immer:
»Die Angaben erfolgen ohne Gewähr.«

De klee Norbert steht verduzt debei
un saat ganz unverdrosse:
»Warom wird dann beim Ziehe von de Loddozahle
noch met em Gewehr geschosse.«

Meehr gewinne immer!

Am Samschdach Owend immer um die gleiche Zeit
do ruft mei Mann: Fraa komm gleich, es is ball so weit
breng Babier un was se schreiwe met
heit hammer e Sechser do druff mach ich e Wett.

Die ganz Woch hann isch schunn so e komisch Gefiehl
wersch sieh heit owend do komme mer ans Ziel
du kannscht's jo morje mo gleich im Reisebirro versuche
vielleicht kenne mer noch e Rääs in die Karibik buche.

Do sahn ich: Ich geh schnell e nuff die Koffer packe
er kreischt mich an: Ei ich glaab du hascht e Macke
meehr duhn doch jetzt nimmi in unsere alde Klärer rum laafe
ab morje duun meehr nur noch es deiersche kaafe.

Un ruf noch e Hotel dort an uff die Schnelle
un du gleich e Luxussuite beschdelle
du muscht a hochdeitsch schbroche sonscht kann dich jo
nimmand verschdehe
de Kopp muscht du jetzt hoch drahn un net so trammbelisch
gehe.

Dann ruft er de Autohännler an ganz schnell
un erkunischt sich nom neischde Modell
plötzlich isses soweit die Lodddozahle werre angesah
mei Mann werd ganz blass un saat: Direkt näwedraa.

Ich atme erleichdert uff un setz mich gemiedlich hin
Gott sei Dank, mehr han kää Sechser un ich derf bleiwe wie
ich bin
dann saahn ich zum mei'm Mann: Heer endlisch uff met
dem Gewimmer
denn an Erfahrung gewinne meehr doch immer.

Die Palz

Die Palz das is jo iwwerall bekannt
das is e ganz besonneres Land
schunn Paul Münch dem war's ganz klar
daß do es Paradies mol war.
Meer Pälzer senn luschdisch un schaffe von frieh bis schbät
well met Humor jo alles besser geht
meer schaffe net nor ohne Schtrunz
es beschde Esse gebts jo a nohr bei uns
wenn ehr Dienschdaachs bei uns die Schdrooß nuff geh
do sieh'n ehr an de Fenschder de Griff vum Waffeleise raus
schdeh
Krommbeerwaffele met Schbeck das iss e Esse.
Do kennt mer grad es uffhere vergesse
orrer gefillde Knepp aus Krommbeerdääch gemacht
ich kann eich saa, daß ähm do es Herz gleich lacht
un Krommbeerpannkuche met Abbelmus
das is e ganz besonnerer Genuß.
Vorre dran e gereeschdie Griessupp met veel Suppegrien drin
zum Schluß noch e Schuß Sahne dezu, das muß so sinn.
Bei uns gebt's so veel gure Sache se esse
doch äns das derf ich net vergesse
wer das net kennt, das is e armer Wicht
un es is, ehr kenne es glaawe e Feschtdaachsgericht.
Ehr misse das unbedingt emool versuche,
e Pälzer Krombeersupp met Quetschekuche.
Jetzt werre ehr saan, Krommbeersupp gebt's iwwerall
do han ehr a recht

mer kann se nor net esse, do werd's ähm jo schlecht.
E hausgemachter Quetschekuche met Pälzer Quetsche druff
do kommt's nämlich druff an
die annere sen veel zu sauer, do fangt mer jo se heile an.
Urlaub im Ausland das brauche meer net
so mancher wär froh, wenn er in de Palz wohne dät.
Der Herrgott halt immer die Hand iwwer uns, das is doch
klar
well bei uns in de Palz es Paradies emool war.

Hääle, hääle Katzedreck

Als kläänes Kind vor langer Zeit
ich denk so gäre dran serick
mei Grossmodder die hat noch gelebt
ich war ehr beschdes Schtick
oftmols wenn ich hingefall
orrer Bauchweh hot ganz gross
dann bin ich zu ihr hingeschprong
un gekrawwelt uff ehr Schooss.
Sie hat mer geschträschelt iwwers Hoor
un hat se singe angefang
noch heit do klingt mer's in meim Ohr
ich denk so gäre dran
hääle, hääle Katzedreck morje frieh is alles weg.

Un wenn beim Schpeele draus im Hof
mer de Fritz mei Balle hat geklaut
un hat mich, wenn ich ne werrer wollt,
noch hinneno verhaut
dann hat er mich noch in de Hoor gerobbt
un gesaat ich wär e Oos
dann ben ich zu meiner Grossmodder geschprong
un gekrawwelt uff ehr Schooss.
Sie hat mer geschträschelt iwwers Hoor
un hat se singe angefang
noch heit do klingt mer's in meim Ohr
ich denk so gäre dran
hääle, hääle Katzedreck morje frieh is alles weg.

Un wenn ich heit mol traurisch bin
orrer Kummer han ganz gross
dann schliess ich mei Aue und schdell mer vor
ich sääs bei meiner Grossmodder uff em Schooss.
Ganz sanft streicht sie mer iwwers Hoor
un hat se singe angefang

ganz leise klingt mer's noch im Ohr
ich denk so gäre dran
hääle, hääle Katzedreck, morje frieh is alles weg.

Mei Läwenslaaf

Mer iss kaum uff de Welt, un leit noch in de Schees
do kommt die ganz Verwandschaft un verzappt ehre Käs
ach was hat das Kind fer scheene rode Backelscher
ei, ich glaab das schafft schon an seine Hackerscher
das sieht jo genau aus wie sei Vadder, ach jä
un guck emol das hat jo dieselwe krumme Bää
ach was hat das Händscher, so klää un so siess
un genau wie sei Mudder, dieselwe schebbe Fies
un so geht's weirer met all dem Gefrääs
un Daach ver Daach heert mer deselwe Käs.
Un schbärer dät mer gääre schbeele, so rischdisch im Batsch
do hääst's gleich, och loß doch dene Quatsch
guck doch emol, du hascht so e schee Kläädsche
du bischt doch kää Bub, du bischt doch e Määdsche
Knicksjer muß mer mache, un schdill muß mer sitze
aus de Schdubb muß mer geh, bei de dreckische Witze
die Mamme saat: »Jetzt kommt dei schänschdie Zeit
jetzt bischt du endlich ferr die Schul bereit.«
Do muß mer schdill sitze, unn rechne un schreiwe
un met lauder so Bleedsinn sich die Zeit vertreiwe
un hat mer dann endlich die Schul geschafft
dann schbeert mers uff ämol met voller Kraft
mer iss jetzt kää Kind meh, mer werd jetzt erwachse
die Buwe gucke ähm noh un mache allerhand Faxe.
Un uff ämol, do kommt dann der Mann
ohne dene mer am nägschde Daach nimmi läwe kann
unn dann geht's erscht an, mer werd Fraa un Mann.
Dann komme die Kinner, un mer hat als wenischer se saan
mer muss Kohle ruff hole un Holz klää hacke
die Wohnung butze un Kuche backe
Esse koche, inkaafe gehe.
Mondaachs in de Wäschkisch schdehe
mer wäscht sei Unnerhose
un sei Hemde met dem dreckische Kraa

jo das muss mer alles mache, dodevor iss mer jo sei Fraa.
Mer freid sich wenner hääm kommt
schdellt schnell es Esse uff de Disch
zieht derrber e sauwer Scherz an
un macht sich e bissje frisch.
Jetzt wird's langsam owend un es is alles geschafft
dann schlepp ich mich noch ins Wohnzimmer met letschder
Kraft
ich guck noch e bissje Ferseh und geh hinneno ins Bett.
Was dät ich nor mache, wenn ich die Arwet net hätt
un so geht's weirer Daach fer Daach
denn schließlich han ich bei meiner Familie e
Arwetsvertraach.

Mei alt Lott

Ich erinnere mich noch gääre dran
als ich war so e kläänes Mädsche
do hot ich mol e Bobb gehatt
met em'me rot getuppte Klädsche.

Mei Lott die war schun arisch alt
sie war schunn meiner Mudder
es war so e rischdischi Schlenkerbobb
inne ausgeschdoppt mit Fudder.

Ehr Hoor die han gää Bersch geschdann
un ehr Backe die ware ganz verkratzt
am Bauch war se schunn e paarmol zugenäht
un ehr Schuh ware alt un verratzt.

Un trotzdem hot ich se gääre gehat
ich konnt alles met ehr mache
sie hat mer garnix krumm genomm
hat immer ausgesieh als dät se lache.

Un dann es war an Weihnachde
do is de Nikolaus komm
un hat mer weil ich immer brav
e nei'i Bobb gebrong.

Die hot e feines Rüsche-Klädsche
un wunnerbare Locke
hot neie rote Lackschuh an
un bliedeweisse Socke.

Ich han ganz schdill devor geschdann
un han se lang bedracht
dann han ich se werrer in ehr Schachdel geleet
un de Deckel zugemacht.

Dann han ich gesucht mei aldi Bobb
un war so froh wie ich se werrer hott
ich han se ganz feschd lieb gedrickt
mei allerbeschdi Lott.

Weihnachtswunsch eines Lausbuben

Liewer, gurer Nikolaus
du kommscht doch a in unser Haus
Schdecke un Rut brauchscht de bei meer net
breng mer liewer e Sack voll Geschenke met.
mei Mamme die werd als so wierisch
un dud so arisch met mer plärre
kennscht de die net mol fer verzeh Daach
in de Schank eninn schberre
un dann noch mei Lehrerin
die iss so eeglisch
ich mescht nur wisse was die gäh mich hat.
Mach doch däre als mol
wenn se in die Schul fahrt moijens
ehr Auto platt
ich hann gedenkt
sie kennt mich besonnersch gut leire
well ich immer viel länger als die annere därf bleiwe.
Ach un dann noch mei Geschwischder
die kannscht de ruhisch vergesse
denn die han jo bei uns genuch se esse.
De Sack met dene scheene Sache
die gebscht de all meer
du brauchscht a garnet renn se komme
schdell ne grad vor die Deer
du ders nohre gut merke
un immer dra denke
ich bin de brävscht un krien die greeschde Geschenke.

Inhalt